데리고 가요

데리고 가요

초판 1쇄 2016년 3월 21일
지은이 허종열
펴낸이 김영재
펴낸곳 책만드는집

—

주소 서울 마포구 양화로3길 99 4층 (04022)
전화 3142-1585·6
팩스 336-8908
전자우편 chaekjip@naver.com
출판등록 1994년 1월 13일 제10-927호
ⓒ 허종열, 2016

—

—

ISBN 978-89-7944-564-0 (04810)
ISBN 978-89-7944-354-7 (세트)

책 만 드 는 집
시인선 081

데리고 가요

허종열 시집

책만드는집

다산 정약용은 방대한 양의 시를 남긴 시인이다. 그는 "나라를 걱정하고 함께 아파하지 않는 시는 참된 시가 될 수 없다"라는 시론을 펴기도 했다.

소련과 스탈린에 비유하여 파시즘을 신랄하게 비판하며, 국가의 이름으로 감시 통제하는 전체주의 사회를 경고한 『1984』의 저자 조지 오웰. 그는 「나는 왜 쓰는가」라는 에세이에서 글 쓰는 동기를 네 가지로 정리했다. 그중에도 정치적 목적이 가장 따를 만한 동기라고 했다. 그것은 작가가 생각하는 이상적인 사회를 지향하며 분투하고 남들의 생각을 바꾸려는 욕망이라는 것이다. 그는 자신이 맥없는 글을 쓰고, 현란한 구절이나 의미 없는 문장, 허튼소리에 현혹되어 있을 때는 어김없이 정치적 목적이 결여되어 있을 때였다고 했다.

지난 1월 23일 한국작가회의 총회가 열려, 새 이사장이 선임되었다. 그는 작가회의가 민주화운동에 뿌리를 둔 사실을 상기시키면서 "문학의 사회적 책임을 제고하겠다"라고 다짐했다.

나도 이분들의 시론과 문학관에 동의하며 마음에 새기고자 한다.

－2016년 3월

허종열

| 차례 |

2부

3부

1부

어린이 마음

눈이 내린 영하의 날씨에
꽁꽁 얼어붙은 길가 화단
작은 새들이 뿅뿅 뛰어다닌다

초등학교 1학년 손녀가
뜬금없이 중얼거렸다
발 시리겠다
누가?
새가
……

데리고 가요

살을 에는 듯 추운 날
눈보라 치는 산길
한 노인이 쓰러져 있네
성경 속 착한 사마리아인
같이 가던 길손에게
번갈아 업고 데려가자 하니
우리도 죽을지 모르는데……
화를 내며 먼저 가버리네

혼자서 노인을 둘러업으니
서로의 체온이 추위를 이겨내는구나
정신 차린 노인과 마을을 찾아가니
들머리에 꽁꽁 언 주검
자기만 살겠다던 그 사람 아닌가

아하—
혼자만 살려다가 죽고

더불어 살려니 사는구나
나를 필요로 하는 사람
내가 사랑해야 할 이웃이
지금 여기 바로 앞에 있구나

* 티베트의 성자 선다 싱이 겪었던 일.

기둥 찾기

기둥과 대들보로 쓸 만한 나무 찾아
풍광 좋고 전망 좋은 높은 산에 올라
메모장 뒤적이며
이리저리 살피지만

높이 올라갈수록 나무들은 작아지고
기껏 서까랫감이나 산죽만 보이다가
정상엔 온통 바위
돌덩이뿐이다

마땅한 재목감은 산허리 저 아래
울울창창한 나무와 나무 사이에
낮은 곳 산그늘에
가리어져 있는데

지금 여기 행복이

푸른 잎 탐스러운 클로버 풀밭에서
사방에 널린 세 잎 거들떠보지 않고
행운의 네 잎만 찾아 이리저리 헤맸네

흔해서 하찮았던 하얀 꽃 푸른 세 잎
그 잎이 행복인 줄 까맣게 모르고
행운에 눈멀고 귀먹어 마구 밟아왔었네

성 프란치스코여

성 프란치스코님
참으로 감사합니다
당신의 모습 따라
그분을 섬기려는 분
로마의 주교로
만백성 섬기게 도우시니

성 프란치스코님
지켜주시고 보살피소서
반석이 되신 평범한
어부의 뒤를 이은
황제가 아닌 종손

교종의 권고

까마귀 싸우는 골에 백로야 들어가라
성난 까마귀 흰빛을 시샘하니
창파에 고이 씻은 몸 더럽힐 각오 하라

세상살이 험한 곳에 사도여 들어가라
절망이 있는 곳에 희망을 심으려다
불의의 휘광이 칼에 상처 입을 각오 하라

*『복음의 기쁨』 49항 참조.

공짜

화정花井 성라공원 약수터
시원한 생수

몸과 마음 상쾌하게 하는
맑은 공기

산수유 생강 개나리
무더기로 밝힌 노란 꽃등

나무마다 신기하게 돋아나는
부활의 눈망울

대자연에 생명 불어넣는
보이지 않는 손길

신비스런 공짜

숲

나무들 우거진 숲
생기 넘친다

그러나 속으로 들어가 보면
울창한 나무 사이 곳곳에
죽은 나무가 섞여 시들어가고
쓰러진 나무의 주검들이
흙으로 돌아갈 채비를 하고 있다
도끼와 산짐승의 이빨에
상처 입은 나무도 있고
햇빛이 들어오는 양지
햇빛을 못 보는 그늘도 있다

자연에는 삶과 죽음이
생명과 주검이
빛과 어두움이
함께 깃들어 있음을
보여주고 있다

그림자

그림자가 따라다닌다고
귀찮아하지 말고
그림자가 흉내를 낸다고
얄미워하지 마라

양이 있어 음이 있고
음이 있어 양이 있다

어둠 속에 있을 때
그림자 없고
어둠을 벗어나 빛을 받으면
그림자 있나니

바보

십자가 어리석음 본받고 닮으려다
스스로 바보 되는 한결같은 사람 사랑
그래서 감동을 주고 박수 받은 사람

지역감정 부추겨 잇속 차린 풍차에
몇 번이고 달려들다 지고도 이긴 바보
그 용기 끈질긴 투지로 감동을 준 사람

불관용

절터 뒤편 바위굴
조그마한 불상 앞엔
기도자의 정성 가득했는데

탈레반의 광기가 발작했던가
불상의 목 잘려 나가고
불 꺼진 초와 향 나뒹굴고
동자상도 사라졌다

성벽 무너뜨리려 뿔나팔 불며
예리코 성읍 돌듯

사찰 땅 밟으며 찬송가 부른
더불어 함께 살 수 없는
근본주의 발자국
어지럽다

파라오의 미라 옆에서

전하!
너무나 허망하고 참담합니다
썩어 너덜너덜한 천을 감으시고 이렇게
흉측한 몰골로
온 세상 사람들의 구경거리 되시려고
그 야단을 치셨습니까? 전하
그 어마어마한 피라미드는 어디다 두시고
그 엄청난 보물 다 어디다 두셨습니까?
통찰하셔야 했습니다 전하

사도 바오로는 말했습니다
썩어 없어질 것으로 묻히지만
영적인 몸으로 되살아납니다

부활하시려면 썩어 없어져야 합니다
썩어 없어질 몸, 영적인 몸에
피라미드가, 보물이, 무슨 소용 있습니까?
통찰하셔야 했습니다 전하

아, 앙코르제국

저 허름하고 어설픈 집에서
맨발로 남루한 삶을 사는
바로 저 사람들의 선조가
9세기부터 6백여 년 동안
동남아 최대의 제국, 세계 최대의
도시를 건설했다니

역사상 가장 잔인한 살육극
킬링필드의 선조가
돌이 없는 평지에
정교하게 새긴 조각과 부조
금과 보석으로 장식한
세계에서 가장 신비롭고 아름다운
석조 건물을 지었다니

그런 도시와 건물들이
4백여 년 동안

밀림 속에 숨겨져 있었다니

같은 아시아에 살면서
직접 눈으로 보고
손으로 만져보고서야
히야! 하아!
경탄하고 경탄한다

화양구곡華陽九曲 단상

도명산道明山 화양구곡 암서재巖棲齋에서
제자들 가르치며 은거했던 송시열
서인 노론의 영수라는 위상이 마음에 걸려
'풍진세상을 향하는 내가 밉다' 읊었건만*
끝내 당쟁에 휘말려 사약을 받았다

송자宋子라 불린 학덕, 영의정에 추증된 경륜
효종 · 현종의 스승인 연줄, 나이 83세도
정적을 귀양 보내고 투옥하고 죽이던
건국 초부터 이어져 온 끈질긴 정치보복
악순환의 고리를 끊을 수 없었다

해방정국 거쳐 군정 30년 동안
관행으로 굳은 그 고리, 사상 처음으로 끊은
삼한사한 사계절 엄동설한 이겨낸 인동초
감옥에 가두고 연금하고 죽이려 했던 자들
고문으로 아들을 일급 장애자로 만든 자들

십자가에 매달며 무슨 일을 하는지 모르던 자들
용서하고 화해했다
법으로 사람을 죽이는 사형도 집행하지 않았다

그 뜻을 잇고, 농촌 고향으로 낙향
평범한 농부로 행복해하던 순결주의
올곧은 사람들이 사랑하고 기리는 바보
전임자를 예우하는 문화 하나 만큼은
전통을 확실히 세우겠다는 말치레**에
도덕성 흠집 내려는 음흉한 본색*** 드러나자
되살아난 악순환 고리 끊으려 목숨을 던졌다
누구도 원망하지 마라

* 嫌我向風塵.
** 다테마에建前.
*** 혼네本音.

독불진보

독불장군들이 설쳐대는 것은
진보가 아니다
믿습니까
믿습니다

독불진보엔 편견과 독선뿐
법과 민주는 없다
믿습니까
믿습니다

독불진보는 반드시 분열하고
분열로 망한다
믿습니까
믿습니다

독불진보는 보수보다 못한 가짜
미래가 없다

믿습니까
믿습니다

윤회

골짜기에 떨어진 빗방울이 모여
실개천 되고 도랑 되어 졸졸 흐르다
개천 되고 하천 되어 온갖 생명 키우며
강으로 굽이굽이 흘러 바다에 묻힌다

깨끗한 물 더러운 물 가리지 않는
뭇 생명의 고향에서
어머니 배 속의 양수 같은 소금물로
출렁이고 파도치다 정령처럼
보이지 않는 수증기로 하늘에 올라
구름으로 떠돌다 어느 날

하루 250만 킬로미터 공전하고
4만 킬로미터 자전하는 어지러운 지구
어느 골짜기에 빗방울로
달라이 라마처럼 환생한다

질량이 불변하는 만물과 하나 되어
불멸의 나그넷길
다시 시작한다

청량산인淸凉山人

선경仙境의 명산 청량산을 오른다
인물을 낳고 인물이 만든다는 명산
책을 읽듯 노닐며 오른다

금탑봉 어풍대에서 내려다보니
기암절벽 바위산 꽃잎에 둘러싸인
꽃 수술 같은 청량사寺
절벽 아래 들머리
거경居敬 대학 청량정사精舍는
이理로서 기氣를 다스려야 한다는
퇴계의 이기이원론이 영근 곳인가

권력과 돈 명예에 넋이 빠져
부끄러움 모르는 혼탁한 세태 벗어나
맑고 시원한 산에서
학문을 닦고 수양하던 청량산인
이황은 매화를 끔찍이 사랑했다

34

춥게 살아도 향기를 팔지 않는* 매군梅君
올곧은 선비 지조 생명처럼 소중하여

* 梅一生寒不賣香.

얼굴

성모마리아의 얼굴을 보면
믿음이 보이고 순명이 보이듯

얼굴을 보면
마음이 보입니다
삶이 보입니다

나이 사십이 넘으면
자기 얼굴에 책임을 져야 한다는 말
무서운 말입니다
내면의 얼이 드러나기에

비움의 수학

끊임없이 베푸는 살아 있는 심장처럼
퍼낼수록 맑은 물 솟아나는 샘물처럼

베풀고 퍼주면서 비우면 비울수록
보이는 자연 더욱 넉넉해지고
보이지 않는 자연 풍성해진다

없지만 없지도 않은 영靈이
하나둘 늘어갈수록
하나가 열배 백배 천배 만배 되듯이

2부

탐식

산소에 음식을 차려놓으니
개미들이 몰려와

국물로 직행해 빠져 죽고
달콤한 고추장에 입을 댄 채
움직이지 못하기도 한다

안타까이 내려다보고 있는
주인을 알지 못하는 개미들
이것저것 맛을 보며
바쁘게 돌아다니다
바짓가랑이로 기어들어
벼락을 맞기도 한다

세상 만물의 주인을 알지 못하고
탐욕과 집착에 빠지는 모습
그 운명을
개미들이 실연하고 있다

위인 예고

매국과 아부와 수탈로 챙긴 부귀
세습하며 50년 동안, 그보다 더 오래
끼리끼리 세상을 말아먹던 사두가이
분단과 냉전에 똬리를 튼 파쇼 독재
작전권 미군에 맡기고 폼만 잡던 똥별
육법당과 바리사이와 복음 장사꾼들

지역구도 시류에 영합하지 못하고
원칙만 고수하던 어리석은 바보가
으뜸으로 뽑힐 줄은 상상도 못 했다

가방끈 짧은 사람 무조건 경멸하는
이리 떼 의식에 중독된 엘리트들은
대학도 못 다닌 하류 인생 얼간이가
실상은 현자賢者임을 인정할 수 없었다

세상 다른 왕들처럼 염탐꾼 풀어놓고

창칼로 권위를 세우지도 않으면서
백성을 위해 스스로 낮추고 내놓으며
같이 살자 내미는 손 매정하게 뿌리쳤다

시기 질투와 박탈감에 매몰된 그들은
반대를 위한 반대, 사사건건 발목 잡는
비협조와 대결, 근거 없는 폭로와 비난
지역감정 부추기기, 색깔론 덧씌운 저주
수구 언론과 연대한 명분 없는 정치공세……

그들은 아직도 민주화를 이룩한 그가
위인의 반열에 들 것이라는 예언을
도저히 이해할 수 없다

아 청계천

개발독재를 상징하던 흉물
콘크리트 고가도로를 걷어낸 청계천
인왕산 북악산에서 발원된
'맑은 물이 흐르는 냇가'가 아니다

하천 바닥 아스팔트 위로
한강에서 퍼 올린 물, 흘려보내는
가짜 하천, 거대한 콘크리트 어항
역사와 문화는 별로 눈에 띄지 않고
인공 구조물 인공 조형물에
인공조명 현란한 장대한 흥행 무대
파릇파릇 자란 보리, 밭떼기로 사다
푸른 잔디로 둔갑시켰던
'성공 신화'의 화려한 연출

청계천 살리기에
동참했던 박경리 선생이

발등을 찍고 싶은
후회와 분노를 느낀다던 저 풍경

아 청계천
콘크리트 광화문이
목재로 복원되듯
개발주의 가면을
또 언제 벗을 것인가

유행병

산낙지라고 하면
살아 있는 낙지로 알아듣는데
어떤 사람은
산에 웬 낙지냐 이상해한다
노무현이 때문인가

사과밭에 거름을 뿌려줬더니
예보에 없던
국지성 폭우로
헛수고가 되어버렸다
노무현이 때문인가

공사 중

노가다 세상 되더니
사방에 공사판 벌어져
천당과 지옥까지 공사 중이라는 소문

천당에선
한국 사람들이 성형수술을 많이 해
본인 여부 확인에 시간이 너무 걸려
자동 인식 시스템을 새로 깔고 있고

지옥에선
찜질방 불가마에 많이 다닌 한국인들이
웬만한 불에는 끄떡도 않고
아 따뜻하다 어 시원하다는 바람에
고온 가열기를 설치하고 있다는

종자산種子山

가파른 육산陸山 정상 밑
병풍 같은 암봉 바위굴 앞에
허물어진 움막

보이는 세계의 힘만으로는
이룰 수 없는 일
보이지 않는 세계의 힘으로
이룰 수 있다는 믿음의 흔적

백일기도로 소원 이뤄
종자 낳은 삼대독자 부부

다독였으리라
보이지 않는 세계의
신비스런 끌림으로 맺어진
부부 인연도

기나긴 겨울

정말 기나긴 겨울이었어
그때는 거의 모두 거기가 거기였지

주인들이 종의 눈치를 보며
못 본 체 못 들은 체 납작 엎드렸지

술병 잡고 병권을 쥔 색안경들이
부어주는 대로 마셔야 했지

모나서 정 맞는 돌도 있었지만
뭐든지 지지하고 뭐든지 찬성했지

지금도 그 시절 오히려 그리는
향수에 젖은 색안경 후예들

'기나긴 겨울'을 수정하여
재판再版을 내고 있네

무지렁이들의 수다

예수가 죽었다 카네
우야다가 죽었능공?
못에 찔려 죽었다 카더라
머리 풀어 헤치고 댕기는 거 보고 알아밨다
그 집 미느리가 아부지 아부지 캐샀턴데
사장어른인가? 문상 갔다나?
안 갔다 갈라 카이 부활했붓다 카더라

그라마 투표나 하러 가자
누굴 찍을 껀데
물어볼 꺼는 머 있노
그넘이 그넘인데 늘 하던 넘이 낫지
구간이 명간이라 안 카더나
우리가 남이가 어데
하모 하모
두말하마 촌넘이제

인人으로 바꾼 자者

그분은 커져야 하고
나는 작아져야 한다
세례자 요한의 말씀
복음으로 읽은
평일미사 강론이 불침을 놓는다

놈 자者가 붙은 당선자 대신
당선인이라 부르라 했다니
세례인 요한이라 불러야 하는가

선거 후

미국에서 걸려 온 첫마디

아빠
어떻게 그럴 수 있어
독재자의 딸을……
여기 모두 충격받았어
더 많이 당하고
더 많이 뜯겨야 돼

막막하고 먹먹한 아빠
체념으로 달랜다
토크빌이 말했지
모든 국민은 그들의 수준에 맞는
정부를 가진다

유신의 괴물이 꿈틀대는
불의가 득세하는 어둠을 등지고

정의와 상식이 통하는
밝은 세상으로 나가
수준 높은 민초가 되고 싶다

2012. 12. 22.

계사년癸巳年 해돋이

캄캄한 이른 새벽
제주도 다랑쉬오름月郞峰이 조용히 북적였다
바다 위로 떠오르는 붉은 해를 바라보며
새해 소원을 빌려는 설렘이
눈발이 얼어붙어 미끄러운 계단길
오르는 발길들로 술렁거렸다

정상에 운집한 사람들은 멍하니
먹구름 덮인 하늘을 말없이 바라본다
검은 구름 사이로 햇살이 배어 나와
악어가 핏덩이를 문 형상이 되자
뱀이 여의주를 물었다
용이 여의주를 물었다
흰소리로 수군대며 아쉬움을 달랬지만
모두가 실망하여 심드렁하고 무덤덤했다

해돋이 없이 밝아온 이른 아침

54

새해의 꿈과 희망이 허망하게 사라져
허탈하고 시무룩해진 사람들
썰물처럼 빠져나간 산기슭
다시 황무지로 되돌아간 황량한 산야

동남쪽 하늘을 길게 가린 먹구름엔
희미한 자막이 어른거렸다

하느님의 침묵이 마냥 계속될 줄 아느냐

2013. 1. 1.

정가 풍경

선거 때 무슨 말을 못 하나
말ㄹ을 자꾸 먹어치우는
안하무인 높으신 분
양치기 소년으로 놀림받으면서
국민도 속고 나도 속았다는 말이
다시 유행합니다

선량이라는 분들이 흥분하며
2007년 대선이
사기꾼 뽑는 선거였나
우리 지도자가 시정잡배냐
거세게 힐난합니다

거액 수수로 투옥됐던 멘토는
독재에 항거하다 투옥됐다 울먹이고
만사형통 형님은
뼛속까지 친미 친일인 동생에겐

대구 경북의 피가 흐르고 있다
자랑스레 떠벌립니다

어깨를 으쓱거리며
목에 잔뜩 힘이 들어간
추임새가 들립니다
우리가 남이가

2011.

일촉즉발

65년 내내 안보장사 가위 소리로
정권 안보 다잡아온 남과 북

대화의 길 막아놓고
문은 열려 있다
치킨게임 높새바람
드세고 드세더니

하늘엔 두꺼운 먹구름
땅속엔 펄펄 끓는 화산
언제 천둥 번개가 칠지
언제 용암이 분출할지

오늘도 아슬아슬
조마조마한 하루

2013. 4.

여의도 풍경 2

물과 영양 공급해온 뿌리 외면하고
햇빛만 바라보다 눈이 먼 해바라기
무조건 박수 치고 손을 드는 로봇인가

푸르고 생기 넘쳐 듬직했던 가지들
바람 앞에 맥없이 이리저리 나부끼네
태생이 연약한 버들가지였던가

향수

목숨 바쳐 나라 지키겠다더니
시커먼 안경으로 얼굴 가리고
총을 들고 담을 넘어와
입 막고 귀 막고 눈 가리더니

삼선개헌 넘어 유신으로
단독 출마 99.99퍼센트 지지 얻어
연미복 입고 취임하던 그 코미디

숨죽이며 주위 살펴보고
속삭이듯 내뱉던 말

아더메치유 지징

투표

속이고 또 속여도 속아주니 고마운가
속고도 또 속고도 속고 마는 천치인가
서로가 죽이 맞아 묻지 마라 묻지 마

오바마의 애완견

무엇이든 던지면 뛰쳐나가 물고 오는
종속에 고분고분 목줄 단 강아지

가끔씩 쓰다듬으면 벌러덩 드러누워
뽕 맞은 듯 해롱해롱 꼬리 치는 강아지

간수해야 할 생이빨 통째로 바치고
미완성 인공 이빨 덥석 무는 강아지

흐뭇한 오바마의 얼굴 웃음꽃 피었네

악어의 눈물

마주 서서 애기하다 감정이 울컥하면
애써 참던 눈물을 손등으로 훔쳐내고
마음을 추스르고 하던 말 잇는다

이러는 게 사람이 하는 몸짓이다

먹이를 삼킨 악어도 눈물을 흘린다
악어는 그 눈물을 훔칠 줄 모른다
먹이가 불쌍해서 흘리는 눈물도 아니다

사람이 아닌 악어는 측은지심도 없다
그런 게 있는 척하는 쇼일지 모른다

태백산

눈꽃축제가 열리는 한밝뫼 등산로 입구
화방재花房峙는 성탄 전날 밤의 명동 거리
뽀드득뽀드득 눈길 떠밀려 올라가는 인파
흰옷 입던 밝은 산白山 밝달, 배달민족이
등산복 차림으로
크게 밝은 산에서 빛을 찾는가

살아 천년 죽어 천년 주목 군락의
수북한 눈꽃 찬란한데
밝음을 받아 하늘과 하나 된 분
한밝임 단군왕검 모신
산마루의 한배검 비석
태고 때부터 하늘에 제사 지낸 천제단
거무스레한 돌담으로 우중충하다
참된 빛은 번쩍이지 않는다 했던가

수많은 산들이 사방에 부복해 있는

민족의 영산은 기가 센 곳
천제단 한배검 앞에 줄지어 늘어서
차례로 큰절 올린다
사기邪氣를 물리칠 정기精氣
발원發願하며

정명正名이 없는 세상

이름이 실제와 정반대라서
밀과 가라지, 진짜와 가짜 헷갈리고
귀태鬼胎가 귀태貴態로 감쪽같이 둔갑한다

문으로 들지 않고 담을 넘어 들어와
민주 대신 반공을 국시라고 우긴 쿠데타
스스로 종북 원조임을 유신으로 드러냈다

한겨울을 봄으로 착각하는 사이에
정의사회 간판 달고 불의 구현하더니
마침내 포승줄에 묶인 국가원수 되었다

공약公約을 공약空約해온 사기꾼 세상에선
어디서나 거짓이 판을 치는 세태라
4대강 죽이기를 녹색성장 포장했다

멀쩡한 사람 간첩 만든 악명 높은 '남산'

정보원은 조작원 오명으로 추락하고
견찰犬察과 정치 떡검이 상용어가 되었다

휘황한 창조경제 참죠경제로 바뀌고
말과 행동 전혀 다른 위장의 달인에겐
'말이 안통하네뜨'가 걸맞게 되었다

'정명이 없는 사회는 사악한 사회'라던
공자는 말했다
정치를 하게 되면
반드시 이름을 바로잡겠다

국화밭 옆에서

국화축제가 열리고 있는
미당시문학관 입구
시위대와 플래카드와 피켓
빤히 쳐다보는 따가운 시선에
원망과 연민이 가득하다

경찰이 진을 친 정문엔
시위대의 절규와
스피커를 통해 낭송되는
「국화 옆에서」가
씨줄과 날줄처럼
엇박자를 내고 있다

항일 구국의 성지 고창에서
친일 잔재 청산하자

한 송이의 국화꽃을 피우기 위해

봄부터 소쩍새는
그렇게 울었나 보다

차라리 일장기를 걸어라

한 송이의 국화꽃을 피우기 위해
천둥은 먹구름 속에서
또 그렇게 울었나 보다

고창, 정녕 친일파를
팔아먹고 살아야 하는가

그립고 아쉬움에 가슴 조이던
머언 먼 젊음의 뒤안길에서
인제는 돌아와 거울 앞에 선
내 누님같이 생긴 꽃이여

민족반역자 미당을 기념하는
국화축제, 결코 순수할 수 없다

노오란 네 꽃잎이 피려고
간밤에 무서리가 저리 내리고
내게는 잠도 오지 않았나 보다

과거의 잘못을 단죄하지 않는 것은
미래의 범죄에 용기를 주는 것이다

미당의 국화는
일본 황실과 시조인 태양신
아마테라스를 상징하고
소쩍새 울음은 그 아비
이자나기의 고통에 상응하며
천둥의 울음은 그 어미
이자나미의 고통과 일치하고

거울과 누님의 귀환은
아마테라스의 동굴 칩거 신화와
일왕의 인간선언을 의미한다니

주체 못 할 배신감과 허탈
답답해진 가슴으로
3연을 고쳐 낭송해본다

얼룩진 영욕에 가슴 조이던
머언 먼 저승의 뒤안길에서
인제는 돌아와 거울 앞에 선
참다운 삶의 길을 일러주는
내 스승 같은 미당이여

너무 다른 남북

눈으로 새하얗게 뒤덮인 첩첩산중
희디흰 태백太白보다 6미터 더 높은 산
모두가 희다는 함백산咸白山을 오른다

정상에 올라가는 가파른 남쪽 길은
쌓인 눈 녹아들어 진흙탕 질퍽질퍽
잘못해 미끄러지면 흙투성이 되는 진창

정상의 바위 위엔 첨성대 같은 돌탑
높이가 1600에 가까운 고지에서
주위의 하얀 산들을 굽어보는 즐거움

찬 바람 불어오는 매서운 능선에서
양지에 자리 없는 운 나쁜 등산객들
제대로 먹지도 못하고 하산을 서두르네

가파른 내리막길 눈 쌓인 북쪽 길은

앞선 이 다져놓은 외길을 벗어나면
별안간 푹푹 빠져서 낙오되는 험한 길

겨울이 지나가고 봄 오고 여름 오면
동장군 꽃샘추위 스러져 물러나고
산비탈 야생화들이 환하게 웃으리라

3부

취중 망언

불만과 분노로 오그라든 손
내내 펴지 못한 채 술김에 불쑥
무심코 던진 한마디

거둬들일 수 없는 그 악담
사람들이 받았을 충격과 상처
자꾸만 떠올라 잠을 이룰 수 없네

덕담만 해야 할 나이에
마음 씀씀이 바다처럼 깊고
입은 산처럼 무거워야 하거늘

나쁜 나무엔 나쁜 열매만 열린다
그 말씀
폐부를 찌른다

한 형제

오늘도 국사봉 중턱 둘레길을 걷는다
원조들이 숲에서 생활했기 때문일까
우거진 푸른 숲에 친근감을 느낀다

백인百人이 백색이고 만물이 만색이듯
나무마다 다르고 꽃잎마다 다르다
모두가 부처님처럼 천상천하 유아독존

동일한 재료로 다양하게 만들어진
한 생명 한 조상에서 진화해온 동식물
모두가 귀한 생명체로 존중받을 한 형제

다람쥐 청설모 딱따구리 까치 꿩
소나무 떡갈나무 참나무 오동나무
모두가 사랑스럽고 모두가 귀엽다

자연을 형제같이 사랑하는 마음으로

길에서 마주치는 사람들을 바라본다
저들의 구원을 위해 희생제물 되셨지

고해성사

바삐 서두르다 낸 접촉 사고
별것 아니다 싶어 그냥 가려다
뺑소니로 몰렸다
독기 어린 몸짓 앙칼진 목소리
얼핏 눈에 안 띄는 긁힌 자국에
범퍼 교체비를 뒤집어씌웠다

아무리 바빴어도
이게 무슨 꼴인가
악몽이었다
밤낮 겉도는 레코드판처럼
되풀이되는 비몽사몽
이틀 동안 뒤척이다 내린 결단

전적으로 제 잘못입니다
용서하십시오
용서하시고 행복하십시오

저쪽에서 네 네 하는
나긋나긋한 목소리

금세 성탄의 밤이 왔다
악몽이 씻은 듯 사라진
고요한 밤
참회가 기적을 일으킨
거룩한 밤

후회

이성으로 이해 못 하고
논리로 설명 못 할 마음
한없이 너그럽다가도 옹졸해지면
바늘 하나 꽂을 자리 없는 마음

가봤어야 할 데 가지 않고
만나야 할 사람 만나지 않고
무어라 해야 할 말 하지 않아
두고두고 후회하는 마음

모든 게 마음먹기에 달렸으니
마음밭 자주자주 갈아엎고
돌멩이 골라내고
가시덤불 걷어내고
김매고 잡초 뽑아
기름지게 가꿔야 했는데

떨어진 말씀의 씨앗
싹 틔우고 아름답게 키워
좋은 열매 맺어야 했는데

수행길

− 선운산禪雲山에서

구름에 누워 참선하는 산
지는 해 바라보는 낙조대 지나
천마봉 너른 바위에 올라서면
발아래 미륵보살의 정토
도솔하늘 내원궁이 내려다보인다

가파른 계단길
낮은 데로 임하시는 분 따라
도솔하늘로 내려가면
개울 건너
내원궁 좁은 문에 이른다

거기서 다시 백팔 계단
번뇌를 딛고 올라가야
대비보살 지장보살
깊이 만난다

아득한 기억

신랑 신부가 혼인 서약을
엄숙히 다짐하고 있다

아니, 저런 걸 나도 했던가
아슴푸레한 40여 년 전 기억
새삼스레 더듬어본다

세월에 더께 끼는 항심이기에
초심으로 돌아가는 것이
바로 수행修行이란 생각
식당까지 동행한다

술은 뭘로 하시겠습니까
묻기도 전에 준비된 대답

처음처럼

베이징

오랜 세월 작은 나라 위협하며
고혈 짜던 천자의 대본영
넓고 넓어 서울의 28배
화려한 문화유산 즐비하다

세계에서 가장 큰 황실 여름 별장엔
수천 수억 민초들의 삽질로 만든
바다 같은 호수 곤명호昆明湖
파낸 흙 쌓이고 쌓인 만수산萬壽山

세계에서 가장 큰 궁궐 자금성 뒤엔
해자垓字를 판 흙이 산이 된 경산景山

세계에서 가장 긴 만리장성은
성벽 쌓다 죽은 일꾼들의 무덤

어딜 가나 고달팠을 민초들의 삶

엉켜 붙은 피땀이 어른거린다

별안간 흙먼지 스모그에 뒤덮여
천지가 뿌옇게 돌변하는
대역사의 현장에선 지금
세계에서 가장 눈부신 성장
화려한 현대화를 자랑하지만

낮보다 밤이 긴 겨울공화국
일당독재의 어두운 그늘이 짙다

속도전

고속도로 휴게소 창밖으로
희한한 일 목격했다

달리던 승용차가 비틀대더니
운전석 앞바퀴가 떨어져 나가
혼자 떼굴떼굴 굴러가고
차는 조금 가다 주저앉았다

우째 저런 일이……

바퀴가 빠지기 전
정상 아닌 낌새가 있었겠지만
안전 불감증으로 정비를 하지 않고
무모하게 밀어붙인
무작정 속도전이 빚은
저 낭패

4대강 살리기의 반면교사인가

허상 숭배

천관산天冠山
멀리서 바라보니 천자의 면류관

올라보니 능선에 듬성듬성
우뚝 서고 기대고 얹힌 돌 더미

다도해 섬들도 멀리서
우러러 조아리네

DNA

인간과 원숭이의 DNA
99.4퍼센트 동일하다니
차이는 0.6퍼센트뿐
까딱 잘못하면
인간이 짐승이 된다

염치도 체면도 없어져
훔쳐 먹고 뺏어 먹고
아무 데서나 야합하며
부끄러운 줄 모른다

탐욕에 눈 귀 멀어
유리병에 손을 넣고
움켜쥔 땅콩 놓지 않다
붙잡혀 구경거리 된다

출가한 사람도

세속에 미련 두고
세상일에 집착하면
출가가 가출이 된다

하산길

온 세상이 하얀 눈으로 뒤덮인
가파른 눈길
내리막 끝자락에서

아이젠 벗어 들고 의기양양하다
치켜든 두 손 내리기도 전에
엉덩방아

쌓인 낙엽으로 몸 가린 빙판
곳곳에 숨어 있는데
허세 부리며 으스대다 다시
쿠당탕

마스크 벗겨진 입에서
처절한 신음 소리

내려갈 땐 떨어지는 낙엽에도
조심해야 하거늘

자비의 관세음

남해의 금강산 금산 능선 바로 밑
기도발 잘 받는 큰 바위 앞 보리암에
우뚝 선 하얀 성모상 같은 관세음보살

아름다운 해상공원 절경을 굽어보며
발치에 무릎 꿇고 발원하는 중생의
간절한 세상살이 소망 말없이 듣고 있네

덕성스럽고 복스러운 인자한 얼굴에
어른거리는 측은지심 어두운 그림자
가피加被를 베푸시는 보살님의 생얼인가

가난

나자렛 예수의 청빈 따라
옷까지 벗어 던진 성인 닮으려
식솔도 잊고 재산 기부한 갑부 아들
늘그막에 가난은 죄악이라며
회한의 속울음으로 땅이 꺼지고

유복했던 가정 파산하여
어쩔 수 없이 궁핍하게 살아온 주먹
세상에서 가장 무서운 게 가난이라며
젖은 눈 손등으로 훔친다

박탈감에서 벗어나고
탐욕을 떨쳐버리는
무소유 가르치고 실천하신 분도
가난은 가장 큰 괴로움이라 했다

자의에 의해 스스로 가난한 청빈은

넉넉한 삶이지만
타의에 의해 가망 없는 궁핍은
서러운 비극일 뿐

한 생애

원효대사 수행하고 서화담이 거닐던
소요산 들머리에서 앞사람 따라
하백운 중백운 상백운 힘겹게 올랐다

칼바위 험한 능선 나한봉 지나서
원효와 화담의 발자취를 둘러보려
서둘러 허둥대며 진창길 내려오니

돌아갈 버스가 벌써 대기하고 있어
자재암 원효대 쪽은 쳐다만 봐야 했다
중요한 대목 놓친 산행 한바탕 봄꿈인가

머드

거무스름한 흙탕물에
아랫도리 푹 담근 채
농부가 논을 매고 있다
양산으로 얼굴 가린 도시 여성이
고운 얼굴 찌푸렸다

저 사람 부인 있어요?

세상이 변하여
미끈미끈한 개흙 진흙탕에
비키니 차림의 여성이
미친 듯이 뒹굴고 있다
농부의 후예가 기막혀 혀를 찬다

저 여자 남편 있어요?

십리화랑十里畵廊[*]

모노레일 타고 감상하는
거대한 산수화의 파노라마

수목이 머리카락과 수염처럼 자란
기이한 바위산 석주들이
새하얀 안개구름 잠옷으로 걸치고
검푸른 원시림 위로
우뚝우뚝 불끈불끈 솟아올라
하늘을 받친 신비스런 골짜기

보는 눈 따라 한 폭 한 폭 이름 붙인
가족바위 장군바위 닭바위 선녀바위
약초 캐는 노인 세 자매

그림같이 아름답지만
한국의 산처럼 오르지 못하고
거닐지도 못하는 산

쳐다만 보며 탄성을 지른다

* 중국 장가계의 십리화랑 골짜기.

솔향기 길

솔향기 짙은 태안반도
오솔길 오르내리며

햇빛 반짝이는 바다 바라보니
내 앞에 드리웠던 그림자
내 뒤로 물러갑니다

수평선 너머로 시원한 시야에
세상살이 어두운 그림자
사라지고 없습니다

솔숲이 내뿜는 피톤치드
깊은 들숨 날숨으로
온몸이 벅찹니다

자연으로 베푸시는 은총에
총 맞은 가슴

감사하는 마음이
자꾸만 솟아오릅니다

시인 홍윤숙

좌우익이 격돌하던 해방정국
혹독한 군사독재까지 겪어온 구십 평생
민족의 수난과 아픔을 온몸으로 감당하며
우뚝 서서 유난히 돋보이던 시인

결벽이 있지만 의분과 열정에
가슴을 열고 살았는데
장례미사가 봉헌되는 성당 안이
어쩐지 썰렁하다

스테인드글라스를 쳐다보니
인류 구원을 위해 생명을 바친
빨간색 그리스도가
우리 죄인을 위해 빌어주시는
파란색 성모가
구원의 은총과 천국의 빛을
금색으로 비추고 있다

홍 데레사에게
영원한 안식과 평화를 주소서

나무 사랑

전남 장성군 축령산 자락
2백여만 평 울울창창한 편백나무 숲
쭉쭉 빵빵 자란 사철 푸른 나무들이
하늘 향해 흐트러짐 없이 꼿꼿이 서서
이웃을 위해 피톤치드를 내뿜고 있다

상쾌한 향기에 스트레스 사라지고
잎을 흔드는 미풍은 속삭인다
너도 수호천사의 수호만 받지 말고
편백나무처럼 하늘 우러르며 이웃에
수호 베푸는 천사가 되라

20년 나무 심어 밀림을 조성한
수풀 임林 심을 종種 나라 국國
이름에 운명 지워진 삶 마감하는 유언
나무를 심는 게 나라 사랑이다

숲 속에 수목장으로 묻혔으니
편백나무 꽃말 그대로
변하지 않는 사랑 되었네

미리내

신선봉神仙峰 쌍령산雙嶺山 깊은 골짜기
교우촌 개울물에 비친 달빛 별빛
인가의 호롱불 빛과 어우러져
하늘의 은하수 같아 미리내라 불렀으니
땅의 미리내는 하늘의 은하수

이제는 널따란 잔디광장으로 덮여
그 옛날 은하수는 보이지 않지만
밤하늘에 별이 보이지 않고
별빛이 없다고
하늘에 별이 없는가

미리내 성지를 순례하는
믿고 우러러보는 사람들
보이는 잔디광장에 숨겨진
보이지 않는 박해시대 은하수
떠올리며 기도하네

고마리

오염되어 악취 나는 시궁창
개울가 도랑에 무리 지어
오른손이 하는 일 오른손도 모르게
더러운 물 정화하는 고마리

보잘것없어 보이는 풀
왼손이 보면 이상하고 유별나게
오염이 심할수록 더 힘찬 뿌리
더 많은 물 깨끗이 씻어낸다

영원히 고마우리
고마리

핏값

세상에서 제일 큰 교회가 있는 나라
서울을 하느님께 봉헌한 나라에서
생매장되어 떼죽음 당한
성 프란치스코의 형제자매
가축 340만

울부짖는 아벨의 피눈물
침출수로 흘러내리고
치솟는 분기
유독가스 되어

카인이 죽인 무죄한 핏값
그 형벌이 정녕
이 세대에 내리는가
그분의 예언대로

2011.

나는 누구인가

나도 알고 남도 아는 나
나는 알고 남은 모르는 나
나는 모르고 남은 아는 나
나도 모르고 남도 모르는 나

세상에 새 바람을 불어넣고 있는
교종이 스스로 묻는다

나는 누구인가

모두가 존경하는 거룩한 아버지*
교종이 스스로 답한다

나는 죄인이다

* Holy Father.

지금 여기에 살기

구중서 **문학평론가**

한 시인이 자신의 시 안에서 "아름다움은 진실하고 진실은 아름답다"라고 했다. 이것은 이상적이고 행복한 경우이다. 현대 세계는 복잡다단해져 정신작업의 진지한 추구들이 분석적으로 되어가고 균형과 조화를 이루는 경우들이 부족하다.

허종열의 시는 아름다움과 진실의 면에서 진실 쪽에 더 기울어 있다. 가톨릭 신자인 시인은 그의 신앙에 의거해 독특한 시적 경지를 일관되게 밀고 나아간다.

그에게도 원천적으로 천진과 연민의 옹달샘 언저리가 있다.

눈이 내린 영하의 날씨에
꽁꽁 얼어붙은 길가 화단
작은 새들이 뿅뿅 뛰어다닌다

초등학교 1학년 손녀가
뜬금없이 중얼거렸다
발 시리겠다
누가?
새가
……
－「어린이 마음」전문

불가의 선시와도 같은 직관의 한 토막을 보였으면 되었
다는 듯이 시인은 곧 구도적 진지성의 길목으로 접어든다.

살을 에는 듯 추운 날
눈보라 치는 산길
한 노인이 쓰러져 있네
성경 속 착한 사마리아인

같이 가던 길손에게
번갈아 업고 데려가자 하니
우리도 죽을지 모르는데……
화를 내며 먼저 가버리네

혼자서 노인을 둘러업으니
서로의 체온이 추위를 이겨내는구나
정신 차린 노인과 마을을 찾아가니
들머리에 꽁꽁 언 주검
자기만 살겠다던 그 사람 아닌가

아하—
혼자만 살려다가 죽고
더불어 살려니 사는구나
나를 필요로 하는 사람
내가 사랑해야 할 이웃이
지금 여기 바로 앞에 있구나
—「데리고 가요」 전문

여기까지만으로도 허종열 시의 성격은 거의 드러난다. 기교도 없고 윤색도 없으며 또 그 금과옥조 같은 형상화의 과정도 거의 없다. 성서 속의 가르침처럼 예 또는 아니요만 말한다. 그런데 한 가지 암시가 있다. "지금 여기 바로 앞에 있구나" 하는 한마디이다.

"지금 여기에서 빛을 향해 나아가자. 가서 만나서 결혼도 하자." 이것은 가브리엘 마르셀의 주제이다.

"퇴영적 회고와 미래 예측 결정론으로 도피하지 않아야한다. 지금 여기에 벌어지고 있는 사건의 현장에서 책임을 감당해야 한다. 죽음의 때를 알지 못하는 한계를 지니는 인간이므로 지금 이 순간의 진실이 중요하다." 이것은 막스 뮐러의 철학적 인간학이다.

'지금 여기'가 철학적 인간학의 첨단이다. 여기에다 허종열은 우직하게 사마리아인의 비유까지 생략하지 못하고 끌어다 붙인다.

오늘날 현란한 감수성만으로 말초화되어가는 문학 풍토에서 허종열 시의 우직성은 불편한 느낌을 줄 수도 있을 것이다. 그러나 원래 시는 사무사思無邪, 거짓이 없는 마음이라고도 하지 않던가.

오늘의 시들은 너무 '지금 여기'를 다루지 않고 있다. 그냥 눙쳐서 푸근하게 마음을 먹고라도 우리는 오늘의 일상 현실에서 한편으로는 풍요한 신비를 느낄 수도 있고, 한편으로는 지나쳐버리지 못하는 역사의식을 느낄 수도 있다.

> 푸른 잎 탐스러운 클로버 풀밭에서
> 사방에 널린 세 잎 거들떠보지 않고
> 행운의 네 잎만 찾아 이리저리 헤맸네
>
> 흔해서 하찮았던 하얀 꽃 푸른 세 잎
> 그 잎이 행복인 줄 까맣게 모르고
> 행운에 눈멀고 귀먹어 마구 밟아왔었네
> ─「지금 여기 행복이」전문

인생을 어떻게 행운만 바라고 살겠는가. 천지에 가득한 만사가 인간에게는 거저 주어진 경이이다. 샘이 솟고 꽃이 피는 것이 어떤 이성적 철학의 결론에 의한 대가가 아니다. 그러므로 굳이 행운을 탐하는 것은 자연의 이치에 거역하는 잘못이다. 행운의 네 잎 클로버보다 쉽게 곁에 널려 있는

114

세 잎 클로버들이 풍요이고 행복이다.

그러나 이 행복은 속류의 향락이라든가 횡재가 아니다. 그것은 마음의 평화를 뜻하는 것이다. 평화의 개념은 또 어떠한 것인가. 그것은 전쟁이 없는 상태만도 아니고 억압하의 침묵도 아니다. 그것은 '정의가 실현된 상태', 바로 그것이다. 정의의 실현을 위해서는 고난을 불사하는 참여의 행동이 따를 수도 있다.

까마귀 싸우는 골에 백로야 들어가라
성난 까마귀 흰빛을 시샘하니
창파에 고이 씻은 몸 더럽힐 각오 하라

세상살이 험한 곳에 사도여 들어가라
절망이 있는 곳에 희망을 심으려다
불의의 휘광이 칼에 상처 입을 각오 하라
-「교종의 권고」전문

이것은 고전시조의 패러디인데 작품의 끝에 "『복음의 기쁨』49항 참조"라고 덧붙여져 있다. '교종敎宗'은 일제시대 이래의 관행으로 잘못 쓰이고 있는 '교황'을 바로잡은 지칭이다. '권고문'도 지난날의 '회칙'을 교종 자신이 새로이 고쳐서 쓰는 말이다. 요는 교회의 사회참여를 권고하는 내용이다.

신앙인의 사회참여 행동은 손에 벽돌을 들고 파출소 유리창을 깨는 폭력이 아니다. 폭력이야말로 신앙이 가장 반대하는 것이다. 폭력은 영원한 악순환이기 때문이다.

참여의 동기는 이데올로기가 아니다. 진리는 다만 인간 본성과 자연법적 질서를 주장하는 것이다. 독재와 민주주의, 강자와 약자 사이에서 민주주의와 약자 편에 서는 것이 진리의 입장이다.

이 시집에서 시 「베이징」은 "낮보다 밤이 긴 겨울공화국 / 일당독재의 어두운 그늘이 짙다"라고 했다. 오늘의 중국이 경제와 군사적으로 아무리 강성해졌다 하더라도, 중요한 것은 물질보다 정신, 자유로운 영혼이어야 한다는 것이다.

「화양구곡 단상」은 조선시대 이래 계속되어온 정치적 보복을 다루었다. 80년대에 후광이 보복의 타성을 끊으려 한 조치를, 은퇴한 노통이 평범한 농부로 돌아간 뜻을 다루었다. 그러나 저속한 시대는 그들의 평화를 받아들이지 않았다. 그래도 부엉이바위에 남긴 유언은 "누구도 원망하지 말라"는 것이었다.

이처럼 끈질긴 불행의 역사에 대해 시인은 고루 문제를 짚으려 한다.

고창의 국화축제 현장에 있었던 일, 대립하는 스피커들의 사연을 전달한다. 미당과 친일의 문제는 지금도 문단에서 하나의 패륜처럼 금기시되고 있다. 그러나 국화꽃 문제만이 아니다. 「마쓰이 오장 송가」와 춘원의 「원술의 출정」과 해방 후 이승만 정권의 반민특위 해체와 군사 쿠데타 정권의 정경유착을 거치며 파괴된 보편적 도덕률이 원천적인 문제이다.

작품의 일면적 재질은 전체적 인간상의 결함을 끝내 덮고 넘어가기가 어렵다. 허종열이 2013년 1월에 쓴 시 「계사년 해돋이」의 끝 행이 말하고 있다. "하느님의 침묵이 마냥 계속될 줄 아느냐".

그러나 역사적 당위의 마무리 순간이 언제일지 모르는 동안에도 우주는 생명의 운동을 계속하고 있다.

골짜기에 떨어진 빗방울이 모여

실개천 되고 도랑 되어 졸졸 흐르다
개천 되고 하천 되어 온갖 생명 키우며
강으로 굽이굽이 흘러 바다에 묻힌다

(……)
출렁이고 파도치다 정령처럼
보이지 않는 수증기로 하늘에 올라
구름으로 떠돌다 어느 날

(……)
어느 골짜기에 빗방울로
달라이 라마처럼 환생한다

질량이 불변하는 만물과 하나 되어
불멸의 나그넷길
다시 시작한다
  ―「윤회」부분

이것은 윤회라지만 다람쥐 쳇바퀴 같은 무위의 도로가

아니다. 오히려 지속 가능한 진보가 원래 진행되고 있는 것이다.

실로 '진보'가 무엇인가. 어디엔가로 급히 달려가는 것인가. 지금은 구소련에서 당이 스스로 간판을 내린 이데올로기의 도식인가. 진보는 발전이라는 뜻으로 좋은 말이다. 그러나 진보의 이념도 제도도 인간이 주관하는 것이다. 그러므로 진보가 올바르게 이루어지려면 먼저 인간의 성품이 진보해야 한다. 진보의 주체가 인간다운 인간이어야 한다.

허종열의 시에 「독불진보」가 있다. "독불장군들이 설쳐대는 것은 / 진보가 아니다 / (……) // 독불진보엔 편견과 독선뿐 / 법과 민주는 없다 / (……) // 독불진보는 보수보다 못한 가짜 / 미래가 없다". 이 시인의 온갖 직설적 비판은 진보에까지 이어진다. 그리고 「비움의 수학」으로 끝을 맺는다.

없지만 없지도 않은 영(零)이
하나둘 늘어갈수록
하나가 열배 백배 천배 만배 되듯이
―「비움의 수학」 부분

이 시인의 시는 냉엄하게 '지금 여기'의 현실 비판에 내달았다. 그런데 그 결론은 무위자연無爲自然, 노자의 철학에 귀결되는가. "비워라. 그래야 담을 수 있다." 자벌레가 허리를 한 번 굽히는 것은 앞으로 나아가기 위함이다. 실상 무위는 아무것도 하지 않는 것이 아니다. 산이 가만히 있어도 그 품에서 꽃을 피우고 골짜기 옹달샘이 솟게 한다. 가만히 있으면서도 실상 하지 않는 일이 없다. 무위의 반대말은 작위作爲이다. 작위는 꾸미는 것으로서 조작을 뜻한다.

그러므로 거짓을 조작하지만 말라는 뜻이다. 노자의 상선약수上善若水 강해선하江海善下, 물은 가장 부드러우면서 강하다. 굳어진 것에 스며들어 무너뜨리고 앞으로 나아간다. 물은 스스로 가장 낮은 자리를 취하므로 사방 계곡의 물이 쉽게 흘러들어 강이 되고 바다가 된다. 오하일미五河一味 보편적 가치, 진리의 바다가 된다.

이렇게 큰일을 위해서 시는 지금 여기 순간의 구체적 사건을 피하지 않고 감당하자고 한다.